LE SOUFFLET

DEVONS-NOUS SIGNER LA PAIX ?

1215

LE SOUFFLET

DEVONS-NOUS SIGNER LA PAIX?

PAR EDOUARD MILLAUD

Magistrat de la République.

Achève et prends ma vie après un tel affront,
Le premier dont ma race ait vu rougir son front.
> CORNEILLE. *Le Cid*. Acte 1er, scène IV.

Rodrigue, as-tu du cœur?

Va contre un arrogant éprouver ton courage:
Ce n'est que dans le sang qu'on lave un tel outrage.
Meurs ou tue.
> *Id*. Scène VI.

Ton premier coup d'épée égale tous les miens:

Viens baiser cette joue, et reconnais la place
Où fut empreint l'affront que ton courage efface.
> *Id*. Acte III, scène VI.

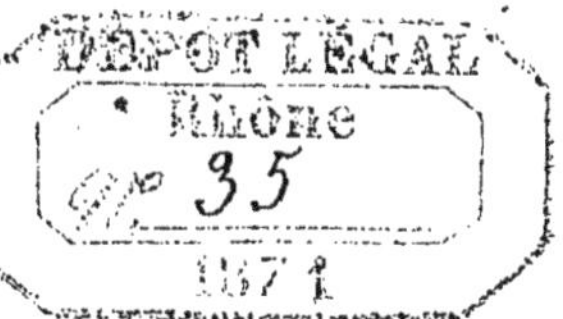

LYON

ÉVRARD, LIBRAIRE-ÉDITEUR

Rue de Lyon, 32

—

1871

LE SOUFFLET

DEVONS-NOUS SIGNER LA PAIX ?

I

La France est vaincue et épuisée. Elle n'a plus d'armées, plus de canons, plus de fusils, plus de cartouches, plus de pain.

La France est vaincue et mourante. L'Europe assiste à son agonie, comme s'il s'agissait de voir disparaître du monde une tribu sauvage du Sud de l'Afrique. La patrie de Descartes et de Voltaire râle, l'Europe s'en inquiète-t-elle ? Existe-t-il un droit des gens ? Existe-t-il un droit ?

Après tout, l'Europe a raison. Que signifie cette prétendue solidarité imaginée entre les nations modernes. L'Angleterre sera-t-elle moins riche quand nous ne serons plus ?

Qu'avons-nous tenté pour la Pologne et le Danemark ? Que pouvons-nous pour la Turquie.

L'Italie ne profite t-elle pas de notre abaissement et n'a-t-elle pas Rome pour capitale ?

L'Espagne n'a-t-elle pas un roi et une constitution ?

L'Autriche ne vit-elle pas heureuse depuis l'affront de Sadowa sans rien attendre de nous ?

Que la France meure ou vive, Alexandre n'aura pas un serf de moins en Russie.

De quelle utilité étions-nous dans le concert des nations ?

Au nom du droit divin, les rois se liguent pour combattre une République, vit-on jamais se liguer les peuples contre un empereur en veine de conquête. Les nations appartiennent à leurs souverains, et c'est folie de vouloir changer ce qui fut de tout temps.

Honneur national, histoire, passé, avenir, grandeur, indépendance : chimères que tout cela !

Tous les hommes soumis au même destin sont régis par les mêmes lois éternelles.

La guerre succède à la paix et la paix à la guerre. Tantôt le Nord vainqueur impose son joug au Midi, tantôt le Midi couvre le Nord de ses légions.

Jadis les Romains, hier les Français, aujourd'hui les Allemands, demain les Cosaques.

La France est morte, mais nous vivons ; portons un deuil de trois jours, et remercions les Dieux !

Nos nouveaux maîtres seront bons et indulgents, si nous sommes dociles ; inclinons-nous sans murmurer.

Nos préfets seront des princes de Prusse, et nos provinces des duchés. Il y aura encore de beaux jours pour les honnêtes gens.

La Bourse de Francfort n'a pas été fermée depuis 1866, on danse encore à Gœttingue, l'opéra est ouvert à Munich, et l'empereur de Berlin ne peut pas régner sans fonctionnaires. Pourquoi perdrions-nous toute espérance, nos fils seront aides-de-camp de Frédéric, et nos filles dames d'honneur de la bru d'Augusta !

Dieu soit loué ! Le ruban rouge était défraichi à nos boutonnières, nous porterons l'Aigle-Noir au cou.

Nous étions las du vin de Champagne, nous boirons les vins du Rhin et la bière blonde de Bavière.

Qu'importe la forme, sommes-nous des Brid'oisons ? Qu'importe un nom ou un autre ?

Le fait est tout. Gaule ou Germanie, c'est tout un. Nous étions déjà unis sous Charlemagne.

La France a tenté un effort honorable ; elle n'a pu réussir ; sachons nous résigner.

On dort mal aux camps, il faut se lever matin et ne pas manger à son heure ; on reçoit quelquefois des obus pendant la bataille et on n'a pas toujours la fortune d'être fait prisonnier.

Acceptons la paix, demandons-la si on ne nous la propose point, et si c'est agréable à nos ennemis, supplions qu'on nous l'accorde.

Qui tient ce langage ? Des Français ! C'est impossible. C'est pourtant vrai.

Sont-ce des Français ? Il sont nés en France ou en Corse. Ce ne sont pas des hommes, ce ne sont pas des citoyens, ce sont les complices de Bonaparte.

Pareils aux criminels qui incendient la demeure où ils ont assassiné, afin de dérouter la justice, ces Français ont dilapidé la fortune publique, mis leur patrie au pillage, et, pour éviter une liquidation terrible, ils se sont jetés dans la guerre.

Le Mexique ne suffisait pas, ils ont découvert la Prusse et ils se sont précipités vers le Rhin avec cet esprit d'aventure qui inspira les exploits de Boulogne et de Strasbourg.

S'étaient-ils égarés ! N'avaient-ils été qu'impru-

dents ou incapables ? Bismark et de Moltke avaient-
ils préparé depuis longtemps un piége inévitable ?

Il faudrait, pour accepter cette excuse, supprimer
les notes de nos agents diplomatiques ; supprimer les
canons Krupp montrant leur gueule à l'Exposition
de 1867 ; supprimer les cours d'invasion professés
publiquement dans les écoles militaires de Berlin ;
supprimer les hégéliens frais et roses qui, depuis
1815, attendaient comme une secousse salutaire le
choc des Allemands contre les races latines ; supprimer la presse, supprimer la voix des députés de
l'opposition, supprimer le pays qui réclamait la paix
à bon escient ; supprimer le sens commun et la
raison.

C'est déjà acquis à l'histoire, le gouvernement de
Napoléon III a livré au hasard, sans chances favo-
rables, le sort de la France. La partie a été jouée
avec préméditation et circonstances aggravantes par
des hommes d'Etat au cœur léger et des chefs de
bureaux arabes.

La trahison du plébiciste n'a fait que préparer les
trahisons de Sédan et de Metz.

Voilà les cœurs vaillants qui demandent la paix à
tout prix, et cherchent quelle honte ils pourraient
boire encore jusqu'à la lie.

Avec ces traîtres, ce n'est point assez d'être irré-
conciliable, le devoir impose d'être inflexible.

II

Mais la France elle-même n'a-t-elle à s'adresser aucun reproche. Le parjure de race parjure lui avait infligé l'outrage de sa personne et de son nom, et elle a subi l'outrage, et elle n'a pas répudié avec horreur cette union adultère.

Durant vingt ans, elle a laissé croître sur son sol la plante vénéneuse et corrosive du césarisme. Elle expie ses fautes maintenant, ses lâchetés. Avec la liberté, elle était reine du monde ; avec le despotisme, elle était vouée à l'invasion. L'heure était marquée d'avance, la défaite était dans la logique.

Nous nous indignerions en vain, quand nous avons sur la gorge le pied de l'étranger ; il y a vingt ans que notre indignation aurait dù éclater et punir.

Ceux qui ont adulé et servi Bonaparte sont de taille à glorifier Guillaume. Une capitulation ! Est-ce une nouveauté pour eux, et n'ont-ils pas capitulé sans cesse depuis la sombre nuit de décembre ?

Ils avaient la faveur du prince, ils étaient de riches seigneurs aux habits galonnés d'or, ils avaient des dotations, des danseuses, des équipages : se souciaient-ils de l'honneur national, et s'étaient-ils jamais demandé s'il existait un mot de ce genre ?

Le jour où leur maître a laissé choir son épée dans une mare, les valets ont pris la fuite, ils veulent mendier la paix à présent. S'ils avaient la paix et leur empereur, ils n'auraient plus rien à obtenir du ciel. Mais ces gens-là ne sont pas la nation, ce sont les improductifs, les parasites. On aime la terre qu'on a conquise par le travail opiniâtre, on la défend : ceux-là achètent leurs châteaux avec l'or impur que distribue encore le personnage de Wilhemlsoëhe.

Après la capitulation de Sédan, la France, la vraie, a pu se croire hors de péril. Débarrassée de son mauvais génie, elle devait peu redouter l'envahisseur ; la victoire semblait promise au peuple régénéré par la lutte, électrisé par la proclamation de la liberté nouvelle. Tout paraissait facile avec la République. Tandis que les bataillons surgissaient de toute part, tandis que nous fondions des canons et que Paris s'enfermait dans ses murailles, il n'était pas téméraire d'admettre que les nations voisines, recommençant la Révolution, interrompue depuis 1848, arriveraient à notre secours. L'Amérique que nous avons créée ne viendrait-elle pas nous payer, après cent ans, sa dette de reconnaissance. Si les trônes n'étaient pas ébranlés, la vieille diplomatie n'avait-elle pas un intérêt immédiat à intervenir.

Aucune de ces espérances ne s'est réalisée. L'Occident a eu peur de la Prusse, et les Yankees sont restés fidèles à la doctrine de Monroë.

Nous avons combattu seuls, seuls, deux contre dix, et qui oserait dire que, depuis le quatre septembre, nous n'avons pas vu autour de nous surgir des héros. Qu'ils méprisent nos jeunes armées, ceux qui rient, depuis un demi-siècle, de tout ce qui est grand et illustre, l'histoire ne rira pas.

N'en déplaise à nos ennemis et aux amis d'une paix honteuse, la France s'est montrée héroïque.

Légionnaires, marins, mobiles, volontaires, mobilisés, francs-tireurs, tous ont su mourir. Ils sont plus de cent mille tombés, pour la patrie. S'ils avaient fui, nous n'aurions pas tenu pendant cinq mois en échec les troupes les plus orgueilleuses et les plus savantes de l'Europe; ils sont morts obscurément, esclaves de leur devoir, sans bruit, sans espérance même d'un peu de gloire..! Et ceux-là ont sauvé notre honneur.

Paris n'a pas cédé au bombardement, mais aux lois de la nature; il a livré ses forts à la famine, non à la Prusse, et notre Belfort, gardé par un général républicain, tient encore inébranlable sur son roc.

Et, de ce que l'empire avait ruiné la France, corps et âmes, de la Manche aux Pyrénées; de ce que nous n'avions ni arsenaux, ni canons, ni caissons, ni affuts, ni chevaux, ni engins d'aucune sorte, alors que nous avions payé pour être mieux prêts que notre ennemi ; de ce que nos intendances étaient livrées à des spéculateurs ; de ce que, dans cette génération élevée bêtement depuis 1852, il ne s'est trouvé aucun général que le combat ait révélé ; de ce que quelques régiments, énervés par leur oisiveté même ou désorganisés par des meneurs vendus aux barbares, ont abandonnés leurs drapeaux ; de ce que des enfants appelés à la bataille, au sortir de l'école ou de la maison paternelle, n'ont pu résister au froid et aux privations ; de ce qu'ils ont éprouvé une terreur panique en se sentant frappés par un ennemi invisible..... en faut-il conclure que la France est morte, et que le souffle même de la liberté ne la saurait rendre à la vie ?

Non ! mille fois non ! nous n'accepterons jamais cette sentence. La France soumise au chloroforme impérial a pu paraître moins sensible et moins vaillante. Elle vit cependant, et morte elle ressusciterait encore. Son cœur bat, interrogez les Bavarois de l'armée de la Loire, et les Poméraniens vaincus par Garibaldi. La France est malheureuse, elle n'est ni morte ni défaite.

Sont-ce des vainqueurs ceux qui redoutent le combat loyal et chevaleresque et prennent pour armes la ruse, le mensonge, la trahison ?

★

Sont-ce des vainqueurs ceux qui reçoivent à leur table les généraux de l'armée ennemie et concluent avec eux d'odieux marchés ?

Sont-ce des vainqueurs ceux qui assassinent, pillent et violent, brûlent les villages, bombardent les villes, chargent leurs wagons de pétrole et comptent sur la terreur pour s'assurer une conquête.

Sont-ce des vainqueurs ceux qui abusent de la croix de Genève et mettent des poignards dans les trousses de leurs ambulanciers ?

Sont-ce des vainqueurs ceux qui conviennent d'un armistice, en exceptent une région par une supercherie indigne et profitent d'une prétendue réserve pour renforcer les corps de Manteuffeld et de Werder ?

Sont-ce des vainqueurs ceux qui prennent pour auxiliaires de leur triomphe Bonaparte et ses courtisans et espèrent plus de la guerre civile que l'effet de leur mitraille. Non, la France n'est pas vaincue, elle a dormi vingt ans, elle a été surprise et frappée pendant son sommeil. La lionne s'éveille, elle secoue ses membres engourdis, elle est encore belle, elle est encore forte, et imprudent qui la forcera à rugir.

Voilà la vérité !

III

Maintenant, raisonnons froidement si c'est possible.

L'épée a trahi notre querelle.

C'était écrit! la main épaisse du Germain ivre a frappé la joue de la France. Nous portons au visage la marque scélérate. Rien n'a pu nous préserver, ni l'amour de la patrie, ni les vertus guerrières de notre race, ni l'idée de vivre libres, ni notre rage, ni notre désespoir. C'en est fait.

Devons-nous nous anéantir?

Est-il urgent de demander la paix, ou vaut-il mieux continuer la guerre?

Quelle paix serait acceptable?

Telles sont les questions à résoudre avant l'expiration de l'armistice.

Etablissons notre bilan, nous discuterons ensuite.

Admettons avec M. de Bismarck que les jours glorieux de nos annales ne comptent plus dans le présent, et que les siècles passés n'ont aucun poids dans la balance de la Force.

Acceptons l'oubli pour la vieille épopée Gauloise, l'oubli pour les *Gestes* de Dieu par les Francks.

La Grèce fut folle de terreur à notre aspect, qui s'en souvient !

Rome conquise par nos pères qui combattaient tout nus, vit-on cela jamais !

Les Gaëls n'ont plus d'histoire.

Celtes et Cimbres, Avernes et Ligures, Boïes et Tectosages, qui dit que le monde a tremblé au tumulte de vos phalanges !

Aïeux, où sont vos chariots garnis de faulx tranchantes ; où sont vos cavaliers farouches aussi prompts que l'éclair ? Francks, vous n'avez jamais dompté les flots du Rhin ! vos ennemis ne dorment pas dans le lit profond de la Meuse ; vous n'avez pas pris Soissons et Cambrai, et les *Alemans* ne se sont pas débandés devant vos javelots.

Qui parle de nos soldats invincibles ! Nous n'avons battu ni les Arabes, ni les Lombards, ni les Saxons, ni les Cantabres. Nous n'avons pas repris la Normandie, la Picardie, le Limousin et l'Aquitaine à nos vainqueurs ; nous n'avons pas conquis le Poitou, pour le reconquérir encore malgré le traité de Bretigny ; nous n'avons pas annexé le Languedoc et la Provence, à la suite de nos victoires.

Nous n'avons pas réuni à la patrie la Bourgogne, le royaume d'Arles, le Dauphiné et l'Auvergne.

Le sang des Bretons s'est mêlé sans gloire au sang des Saliens.

Les trois évêchés de Lorraine n'ont jamais été cédés à la France.

Le traité de Nimégue ne nous a pas rendu la Franche-Comté ravie par la paix d'Aix-la-Chapelle.

Ce sont des défaites sans doute qui nous valurent le comté de Flandres et le landgraviat d'Alsace.

Admettons-le encore, le 20 septembre 1792, les conscrits de Dumouriez n'ont pas culbuté les Prussiens de Brunswich pour aller de là vaincre à Jemmapes ; les soldats de la République, reçus comme des libérateurs et des apôtres, n'ont pas traversé la Germanie aux accents de la *Marseillaise*.

Soit ! dans ce pays qu'on nommait le grand duché de Save-Weimar, lorsque l'Allemagne existait, vous ne retrouverez plus deux cours d'eau appelés la Leutra et la Sâale ; vous ne rencontrerez plus là une vallée sombre et une ville du nom d'Iéna.

Nous ne sommes pas entrés à Berlin ! Impuissante et légère, avide de plaisir, disposée à la servitude, la France ne connaît pas les mâles courages, il n'y a que Waterloo et Sedan qui comptent.

Jacoby et les Bebel ; voilà la paix véritable qui ne laissera après elle aucun ferment de discorde et aucun repentir.

Si c'est cette paix que veut signer notre ennemi, nous sommes prêts. Sans doute les deux nations ne seront pas demain ce qu'elles étaient, il y a six mois. Quelque temps encore les cœurs frémiront de colère et les mains seront tendues vers les épées ; mais quand nous n'entendrons plus l'ouragan du canon et les vibrations des glas funèbres ; quand les larmes se seront séchées ; quand les mères, les sœurs, les fiancées auront pardonné ; quand le printemps aura jeté ses fleurs sur nos morts ; quand nous aurons dissipé pour jamais l'ivresse du sang, alors, les deux riveraines, alliées dans la liberté, oublieuses de leurs rancunes, ennoblies pour avoir triomphé d'elles-mêmes, rivaliseront de grandeur aux yeux de l'Europe surprise.

Que, si nous nous adressons à un peuple sans noblesse, si nous frappons sur le crâne desséché d'un squelette, « si nos paroles sans écho sont comme la feuille morte qui se traîne en bruissant sur la fange du chemin » (1), alors, dégagés des chaînes de la reconnaissance, sans obligations en-

_____

(1) Fréd. Hœlderlin, poète wurtembergeois.

vers un ennemi obstiné, nous règlerons sur notre
intérêt seul notre conduite future.

V

Rechercher notre intérêt, nous défendre énergi-
quement sur le terrain politique, tel doit être pour
nous le second moyen de résoudre la question.

Dans cette hypothèse, nous subissons le déchire-
ment que nous imposent les circonstances en nous
efforçant de laisser le moins de lambeaux possible
aux griffes des Hohenzollern. Nous signons la paix
de la plume, mais nous la maudissons des lèvres et
du cœur; loin d'offrir, après l'armistice, une main
fraternelle à notre ennemi, nous discutons avec lui,
pied à pied, point par point, les conditions de sa
retraite, et nous nous employons habilement à en
diminuer la rigueur.

Pour toute âme française, il n'y aura pas de paix
honorable dans ce cas, mais une paix forcée, mais
une paix nécessaire, mais une trève qui nous réser-
vera un retour de fortune.

La seule paix honorable serait celle que nous en-
visagions tout à l'heure.

Il sera aisé à des neutres, à ceux qui n'en souffriront pas, de trouver satisfaisant le traité qu'on consentira à nous accorder, les Français seront naturellement plus difficiles.

Paix honorable ! Formule élastique et mot vide de sens, bien fait pour contenter tout au plus quelques diplomates !

Qu'est-ce que cette paix ?

Que nous donnions à la Prusse trois milliards ou cinq ou sept, que nous lui livrions le Sénégal au lieu de Pondichéry, que nous abandonnions l'Alsace au lieu de nos deux provinces de l'Est, que nous ne perdions que dix vaisseaux au lieu de la moitié de notre flotte, la paix sera-t-elle moins cruelle, moins dure, moins humiliante pour nous !

Ne ferions-nous qu'un sacrifice d'argent, l'Alsace seule serait-elle neutralisée, que nous endurerions encore avec rage le sort qui nous serait fait ainsi, car perdre une province, remettre volontairement nos richesses dans la caisse de Guillaume, être condamnés au tribut ne fut jamais dans nos mœurs.

Quelles que soient les conditions offertes, si nous ne sauvegardons pas l'intégrité de notre territoire, si nous devenons des tributaires, ne prétendons pas avoir fini les hostilités avec honneur.

Et cependant cette paix, il convient de savoir l'accepter, il est prudent de ne pas la rendre impossible.

Notre volonté, notre courage, notre persévérance même pourraient être impuissants à user ces guerriers qui se sont préparés silencieusement à nous vaincre, nous ont entourés d'espions, ont ausculté notre poitrine et disséqué nos muscles.

La partie est difficile à gagner contre ces théoriciens de la mort qui règlent mathématiquement le combat, établissent leurs batteries comme une proposition algébrique, chiffrent les hommes sacrifiés, calculent à une ligne près la trajectoire de leurs balles et de leurs canons, déduisent la victoire comme un théorème et savent même faire une science de l'incendie et de la dévastation.

Nous ignorions cet art, il répugne à notre bravoure, il nous faudra du temps pour le connaître : nous l'apprendrons puisqu'on nous y oblige, et pour cela quelques années de repos sont nécessaires.

Signons la paix, puisque nous ne sommes plus les maîtres de choisir, puisque nous ne sommes pas prêts, puisque nous n'avons pas de munitions, pas de généraux, pas de soldats aguerris, puisque quatre cent mille français sont prisonniers dans les forteresses de l'Allemagne ou retenus en Belgique et en Suisse.

La République naissante n'a pu, d'un coup de baguette, combler l'immense gouffre impérial.

Nous sommes récompensés suivant nos œuvres ;

sachons ronger notre frein et dévorer notre pain noir. L'immuable justice n'existerait pas, l'éternelle vérité recevrait un démenti formidable, si les nations pouvaient sortir victorieuses des serres d'un Napoléon III.

Nous sommes vaincus, pour avoir supporté trop longtemps la tyrannie et renié notre mission. Ce n'est pas l'Allemagne qui nous a renversés, nous succombons amollis par la corruption byzantine.

Traitons donc avec l'envahisseur, nous avons vu nos plaies au grand jour; il n'est que temps de nous brûler au fer rouge.

Mais que les Prussiens ne l'oublient pas, nous leur donnons un rendez-vous prochain, et, dès aujourd'hui, nous leur jetons le gant. Avant de devenir des soldats, nous redeviendrons des hommes.

Plus ils nous auront humiliés, et plus nous reparaîtrons fiers; plus nous avons été légers, et plus nous deviendrons sérieux.

Si l'Alsace nous est ravie, nous la ressaisirons un jour. Nous en prenons la ferme et inébranlable résolution, et nous en donnons à nos frères sacrifiés notre parole de républicains.

Nous sommes riches encore; nos ressources bien administrées peuvent doubler rapidement. Par le travail et l'énergie, nous retrouverons en Algérie, non pas une province, mais dix, mais vingt plus productives que la terre qui nous serait volée.

Les cavaliers du désert traverseront la mer bleue, le lac français, à l'heure dite ; et le Midi, à son tour, refoulera la marée du Septentrion.

En ne conservant pas l'intégrité de notre territoire, nous signerons la paix sous le couteau. L'engagement est annulé d'avance, il tiendra jusqu'à ce que nous ayons repris assez de vigueur pour défier l'usurpateur de nos frontières.

Que la Prusse se tienne pour avertie ; nous ne dissimulons ni nos projets, ni notre espoir. Comme le vieux Don Diégue, nous dirons à nos fils : « Meurs ou tue ! »

Déjà nous forgeons des armes, déjà, dans le cerveau de nos poètes, s'allume le chant de la vengeance.

Si vous le voulez pourtant, fils de Germanie, nous pouvons, malgré votre conquête, renoncer à la haine que ce jour va graver dans nos cœurs, et le fleuve de sang qui nous sépare peut redevenir limpide.

Au lendemain de cette paix que nous allons subir, la France républicaine prendra d'une main le glaive, et de l'autre le livre de la liberté sur lequel est inscrite la déclaration des droits de l'homme, vous pourrez choisir lorsque nous avancerons à notre tour vers votre pays.

Si vous voulez lire les pages écrites par nos pères, suivre la loi de l'humanité, vivre pour être libres, renverser vous-mêmes les barrières qu'en ce moment vous élevez entre nous; si vous êtes assez grands pour nous convier à la concorde en constituant la République universelle, alors la tragédie de 1871 sera peut-être la dernière, et la France et l'Allemagne commenceront les Etats-Unis d'Europe.

Si non, je vous le jure, vous verrez flétrir vos lauriers !

VI

Que si, au contraire, et voici la troisième solution possible du terrible problème de l'heure présente, l'Allemagne se met en tête de nous effacer du rang des nations, si elle persiste dans son insolence, si elle veut pour notre rachat une rançon impossible à acquitter, si elle ne veut abandonner la France qu'après l'avoir mise dans l'impuissance de se relever jamais, si elle entend faire de nous une Pologne, si c'est un duel à mort qu'elle réclame, nous en prévenons l'Europe, nous serons prêts dans huit jours.

Mais malheur à la Prusse et malheur au monde, si nous sommes réduits à cette violente extrémité, à ce sombre dénouement.

A l'ennemi insatiable qui s'apprête déjà à tracer de son épée : Ici fut Paris, ici fut Lyon, ici fut la France, nous répondrons par un holocauste comme n'en aura jamais vu l'humanité.

Les antiques druides de nos forêts vont frémir d'allégresse.

Voici venir le chaos !

Le Germain rencontrera devant lui la flamme et la famine. Nous écraserons l'invasion sous nos rochers, nous la précipiterons dans nos fleuves, nous l'engloutirons dans nos océans. Nous frapperons toujours, sans cesse, encore, sans trève. Ni repos, ni sommeil. La mort, par le fer, par le feu, par l'eau, par l'écrasement.

Toutes nos villes dans une semaine seront changées en Saragosses, toutes nos places publiques seront des camps et tout nos sillons des tombes.

Nous lutterons tous. Les vieillards, les adultes, les femmes et les enfants eux-mêmes prendront les armes.

Plus d'administration, plus de justice ! Nous fermerons nos tribunaux et nos préfectures. Ce père sera Canaris, ce fils Mina, ces mères seront des Souliotes, ces filles des Aragonaises,

La guerre, partout la guerre, dans nos usines, dans nos ateliers, dans nos temples, dans nos théâtres !... Vous voulez le soulèvement d'un peuple entier, vous aurez cette fête victorieuse.

Si vous êtes les plus forts, ennemis, vous ne nous aurez pas vivants !

Dans cette tempête immense, nous serons tous des marins du *Vengeur* sur le vaisseau de la République, nous sauterons, au cri de vive la France ! sans vous rendre notre drapeau.

La Chambre est déjà nommée; elle sera réunie demain. Les électeurs attendent d'elle l'expulsion de l'étranger et l'affermissement de la République.

Toute occupation qui se prolongerait serait un déshonneur inacceptable, toute tentative de restauration monarchique serait le signal d'une révolution nouvelle.

Lyon, Impr. P. Mougin-Rusand, rue Stella, 3.—2-71.

www.ingramcontent.com/pod-product-compliance
Ingram Content Group UK Ltd.
Pitfield, Milton Keynes, MK11 3LW, UK
UKHW020142080726
13614UKWH00005B/2366